Hana Yaoi

Retrouve notre catalogue yaoi sur :

www.boys-loves.fr

Et toute l'actualité de la COLLECTION HANA sur nos réseaux sociaux :

@BL_IDP_HANA

ZOMBIE · HIDE · SEX 2

Hana COLLECTION

www.boys-loves.fr

Responsable Editorial & Production : Tony
Traduit du japonais par Laurie Asin
Maquette : Justine mouron
Relecture : Aurélie Valognes

Dépot légal : Mars 2021
ISBN 978-2-38276-003-1
ISSN 2743-4435

Imprimé par GZ Digital Media as

Le sang de Haruomi parviendra peut-être à aider les scientifiques à développer un vaccin.

Alors que Chigasaki et Haruomi vivent dans l'attente d'une amélioration, un homme mystérieux, qui ne semble pas avoir peur de l'épidémie, se joint à leur groupe de survivants.

Qui est cet homme, et pourquoi semble-t-il s'intéresser particulièrement à Haruomi ?

A DÉCOUVRIR DANS LE TOME 3 !

ZOMBIE·HIDE·SEX 2

POSTFACE

Merci beaucoup d'avoir acheté le tome 2 de Zombie Hide Sex ! Ici Yuo Yodogawa.

Dans ce tome, il y a beaucoup de gens qui se réfugient dans le centre de recherches, Haruomi commence à prendre conscience de ses sentiments pour Chigasaki, et on a même des personnages féminins qui se mêlent à l'histoire !

Comparé à ce que j'avais en tête comme scénario au début, ça a parfois été compliqué de mettre l'histoire en place dans le centre de recherches, et aussi d'imaginer la suite, mais par contre, c'était un vrai plaisir de dessiner l'évolution des sentiments de Haruomi et de Chigasaki ! (Et surtout, c'était vraiment excitant de dessiner Chigasaki en train de passer petit à petit du côté des zombies.)

Comme j'ai la chance de pouvoir continuer cette série, je vais faire de mon mieux pour imaginer un scénario qui vous tiendra autant en haleine que dans les deux premiers tomes !

J'aimerais bien pouvoir les dessiner en plein rendez-vous amoureux normal !

Enfin, merci à mon responsable, à mon graphiste, et à toutes les personnes qui ont été impliquées dans la publication de ce livre.
Et merci à vous tous, qui avez acheté ce tome !
On se retrouve dans le volume 3 !

COMME ÇA...
JE SAIS QUE
TU ES BIEN
VIVANT...
BOBOM
....!!
QUOI ?!
TU REBANDES
DÉJÀ ?!
À QUI LA FAUTE...

CRIIC
HAA...
NNH...
MMH...
BISOU
FLOUP
FLOUP
CRIIC
NH...
MMH...
CRIIC
FLOUP
UUH...
SPLURT...!
BOBOM
AH... DÉSOLÉ... JE VAIS TOUT DE SUITE ESSUYER...
NNNH...
FLOUP
C'EST CHAUD...

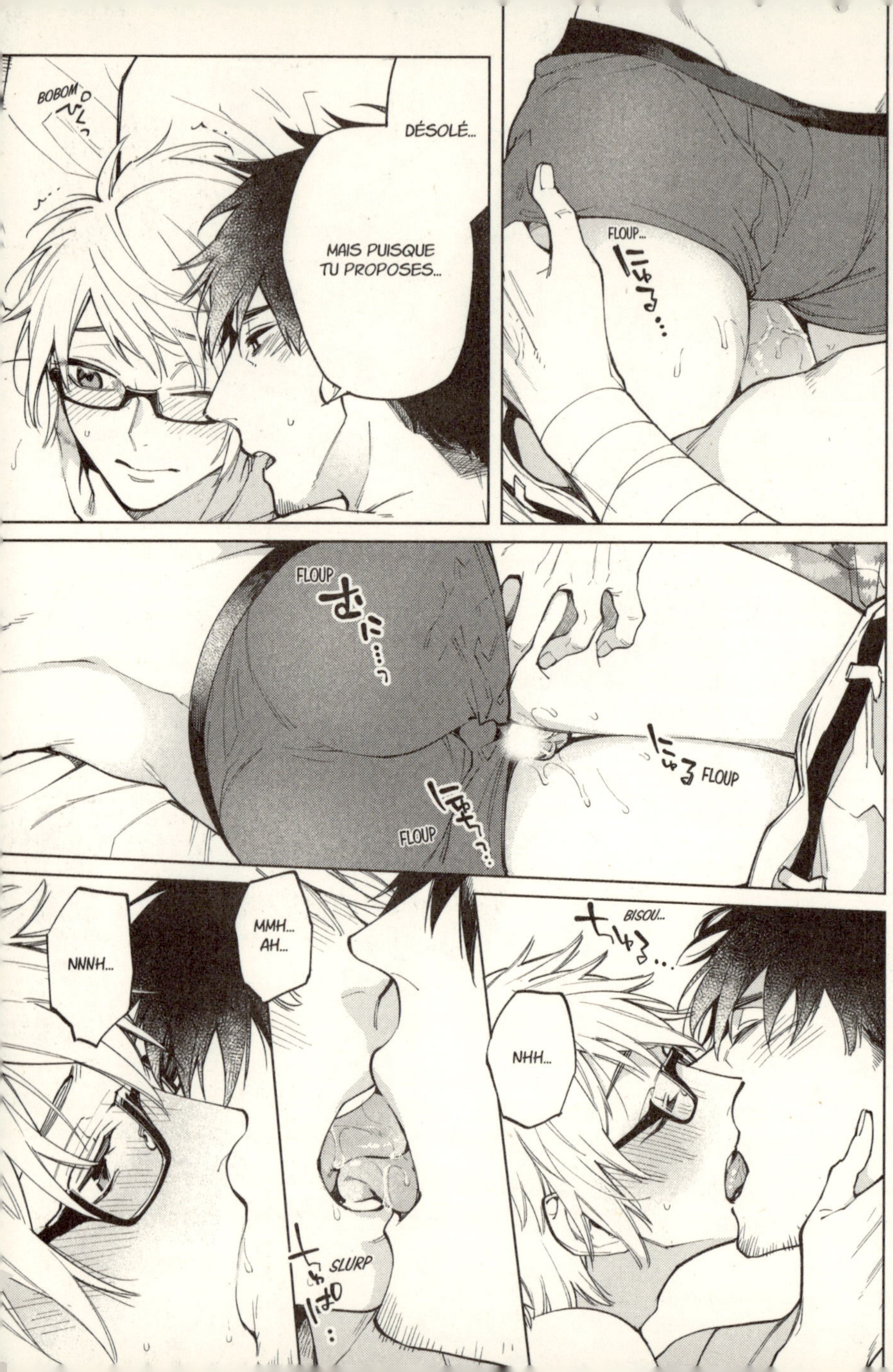
FLOUP...
BOBOM...
DÉSOLÉ...
MAIS PUISQUE TU PROPOSES...
FLOUP
FLOUP
FLOUP
BISOU...
NHH...
MMH... AH...
SLURP
NNNH...

FLOUP
する…
GRIP
ON PEUT PAS FAIRE DE PÉNÉTRATION, MAIS...
SI TU TE FROTTES ENTRE MES JAMBES, ÇA DEVRAIT ALLER...
FRISSON...
.....

HAA...
HARUOMI EST VRAIMENT DIABOLIQUE, EN FAIT...
TIENS...?
POURQUOI TU BANDES ?
.....
C'EST... C'EST PAS ÇA, C'EST JUSTE... UNE RÉACTION IN-CONTRÔLABLE...
DÉSOLÉ, JE SAIS QUE C'EST PAS LE MOMENT...
DANS CE CAS...
TU VEUX UTILISER MES CUISSES ?

DANS CE CAS, KAZUMA-SAN...
DORS AVEC MOI.
CRIIIC
ぎし…っ
HEIN ?!
CÂLIIIIN
ぎゅうっ
C'EST TA PUNITION POUR AVOIR ESSAYÉ DE M'ABANDONNER.
TU FERAIS MIEUX DE T'Y HABITUER.
GLOUPS...
ごく…
FROTTE
もぞ

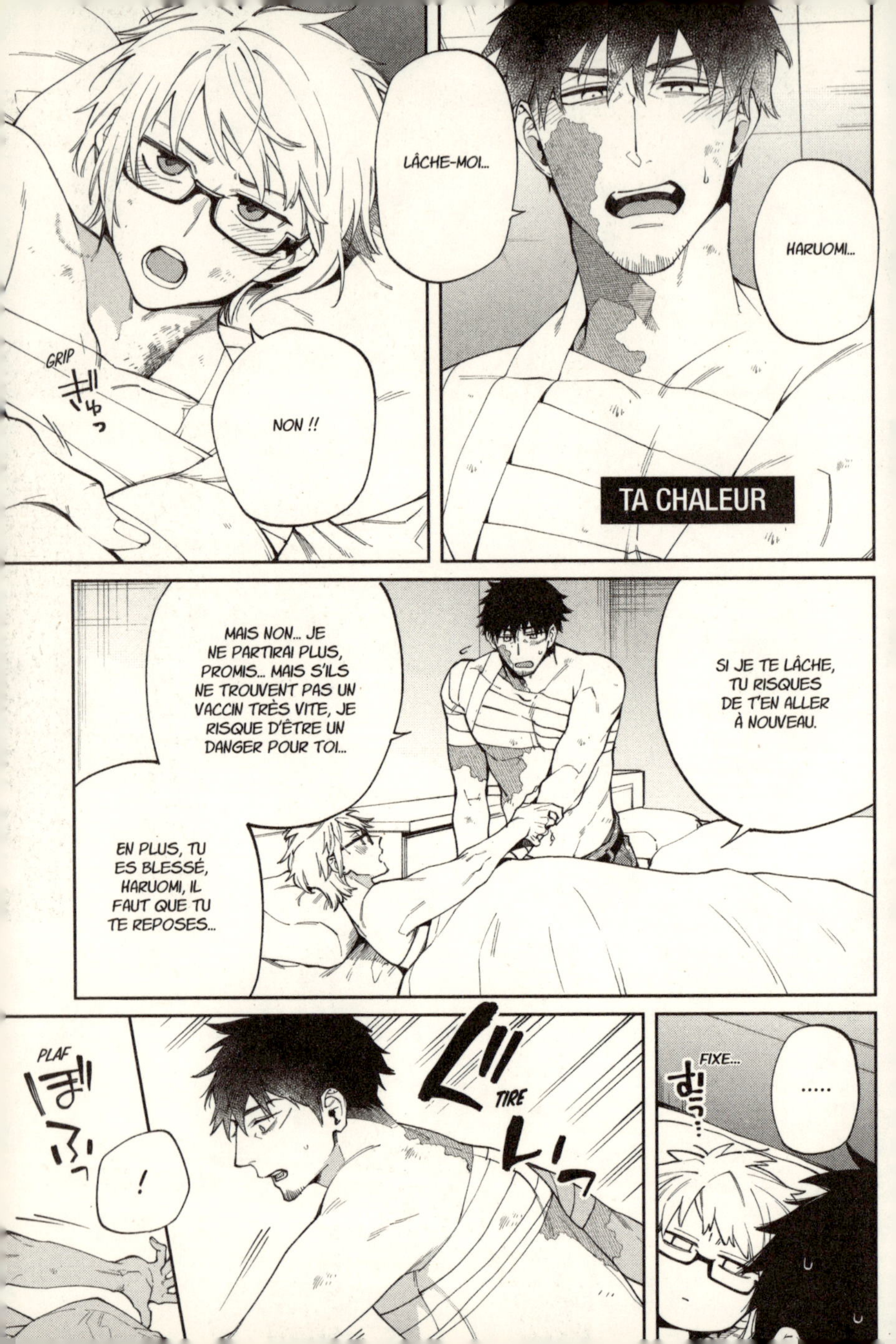
HARUOMI...
LÂCHE-MOI...
TA CHALEUR
GRIP
NON !!
SI JE TE LÂCHE, TU RISQUES DE T'EN ALLER À NOUVEAU.
MAIS NON... JE NE PARTIRAI PLUS, PROMIS... MAIS S'ILS NE TROUVENT PAS UN VACCIN TRÈS VITE, JE RISQUE D'ÊTRE UN DANGER POUR TOI...
EN PLUS, TU ES BLESSÉ, HARUOMI, IL FAUT QUE TU TE REPOSES...
FIXE...
.....
TIRE
PLAF
!

ZOMBIE·HIDE·SEX 2

2
ZOMBIE·HIDE·SEX

IL A L'AIR APPÉTISSANT, LUI...
SLURP...
J'EN AVAIS MARRE DE VOIR QUE DES ZOMBIES...
ÇA RISQUE D'ÊTRE MARRANT.

TOME 2- FIN

BREF, POUR L'INSTANT, DÉPÊCHONS-NOUS DE RENTRER.
OUI...
JE ME DISAIS BIEN QU'IL Y AVAIT DU BRUIT DEHORS...

EN PLUS, IL A PERDU BEAUCOUP DE SANG... C'EST À SE DEMANDER COMMENT IL ÉTAIT CAPABLE DE RESTER DEBOUT.
IL ÉTAIT TERRIBLEMENT INQUIET POUR TOI, CHIGASAKI-SAN.

KAZUMA-S...
VACILLE...
HARUOMI ?!
HÉ ! HARUOMI !
ÇA DOIT ÊTRE LE CONTRECOUP...
HARUOMI !!

JE...
JE VAIS PEUT-ÊTRE POUVOIR TE SAUVER, KAZUMA-SAN...!
!

JE VOUS EXPLIQUERAI LES DÉTAILS PLUS TARD.
MAIS SI JE NE ME TROMPE PAS, ON POURRAIT CRÉER UN VACCIN AVEC LES ANTICORPS DANS TON SANG, MISHIBA-KUN.
HEIN...?
MON...
Ça va ?!
SANG...?

ÇA IRA !
TCHAC !
PAR RAPPORT AU VACCIN...
J'AI PEUT-ÊTRE UNE IDÉE !
QUOI ?!
C'EST VRAI ?!

J'AI TROP PEUR DE TE PERDRE, HARUOMI !
.....
Kazuma-san...

DOULEUR...
ズキッ…
.....
MAIS...
SI JE RESTE AVEC TOI, JE VAIS FINIR PAR TE TUER...
J'AI DÉJÀ ESSAYÉ...
ON NE SAIT PAS QUAND ILS TROUVERONT UN VACCIN EFFICACE...
SI JAMAIS LA MÊME CHOSE SE REPRODUIT ET QUE JE REPRENDS CONSCIENCE POUR DÉCOUVRIR QUE JE T'AI TUÉ... JE NE POURRAI PAS LE SUPPORTER...
JE NE PEUX PAS RESTER AVEC TOI...

C'EST PAS LE MOMENT DE SE LAISSER ALLER !
JE SUIS ENCORE VIVANT !
ET TOI, TU ES ENCORE HUMAIN !
EN PLUS...
TU M'AS DIT QUE TU RESTERAIS AVEC MOI POUR TOUJOURS !

HAA...
はっ
JE T'AVAIS DIT DE NE PAS VENIR...
C'EST DANGEREUX DE RESTER AVEC MOI...
.....
!!
CLAC !
ぺちっ

......
KAZUMA-SAN...!

J'Y VAIS !
LANCE
SEN !! PRENDS ÇA !
OUAIS ! MERCI !
PAN !
PAN !

WHAM
NON !! N'APPROCHEZ PAS !
DÉPÊCHEZ-VOUS DE RENTRER DANS LE BÂTIMENT !
APPROCHE...
APPROCHE...
!!
PAN !
PAN !
MISATO-SAN...!
JE COUVRE TES ARRIÈRES !
VAS-Y !
!

JE CROIS QUE...
LE SEUL À POUVOIR TE RAMENER À LA CONSCIENCE, C'EST MOI !
HAAAA...
AH !
APPROCHE...
GHHHHHH...

EN PLUS...
Il faut que tu te reposes.
Kasai est parti rattraper Chigasaki-san...
LÈVE...
ギシッ
Désolé...
Mais il faut que j'y aille...
J'ai quelque chose de très important...
À dire à Chigasaki-san...

KAZUMA-SAN !
HAA...
HAA...
HAA...
H... HARUOMI...
ESPÈCE DE CRÉTIN !! POURQUOI TU L'AS EMMENÉ ICI ?!
J'AI PAS RÉUSSI À L'ARRÊTER !

CHIGASAKI-SAN !
UU
UH...
AAA
AH...
MERDE ! ON PEUT PAS S'APPROCHER...
TCHAC
PAN !
CHIGASAKI-SAN !
ATTENDEZ !!
PAN !

AMATATSU ! LAISSE-MOI M'OCCUPER DE MISHIBA-KUN, DÉPÊCHE-TOI D'ALLER RATTRAPER CHIGASAKI-SAN !
J'Y VAIS !
KAZUMA-SAN...
GH HH...
AA AH ...
RH HH... AA AH ...
AAH... JE FAIS PARTIE DES LEURS, MAINTENANT...

IL EST EN TRAIN DE DIRE QU'IL EST REVENU À LUI APRÈS S'ÊTRE LAISSÉ ALLER À CAUSE DE L'INFECTION...?!
ENFIN... LE PLUS IMPORTANT, C'EST MISHIBA-KUN !
IL NE FAUT ABSOLUMENT PAS QU'IL MEURE !
LA PLAIE EST PROFONDE...
DÉJÀ, ON VA STOPPER L'ÉCOULEMENT DU SANG.
.....
SEN ! ON AURA ASSEZ DE GAZE ?!
GHHH...
.....
!!
CHIGASAKI-SAN !!
FUITE

CLAC
À L'AIDE !!
!?
QU'EST-CE QUI S'EST PASSÉ ?!
CLAC
VITE, IL FAUT L'ALLONGER !
J'AI PERDU CONSCIENCE... ET QUAND JE ME SUIS RÉVEILLÉ, IL ÉTAIT DANS CET ÉTAT...
JE CROIS QUE... L'INFECTION A PRIS LE DESSUS ET JE L'AI MORDU...

NON...! C'EST...
C'EST PAS VRAI...
C'EST PAS POSSIBLE...
KAZUMA-SAN...
FUIP
HAA...
HAA...
ÇA VA ALLER...
....!
GRIP
ぐっ...
JE SUIS DÉSOLÉ...!!

STOP...
KAZUMA-SA...
URGH...!
DOULEUR...!
DOULEUR
HHH...
HHH...
DOULEUR
KAZUMA-SAN...
HARU...
OMI...

KAZUMA...
SAN...
KAZUMA-SAN...!
JE T'EN PRIE !!
POUSSE
N'ABANDONNE PAS !!
KAZUMA-SAN !!

La seule chose que je veux...
C'est passer ma vie avec lui...
Finalement, on a pu s'avouer nos sentiments...
Je n'ai pas envie que ça s'arrête maintenant...
À ce moment-là, quand tout semblait perdu, j'ai failli aban-donner...
Mais c'est bien parce que je ne l'ai pas fait qu'on s'est retrouvés ici.
Alors...
KAZUMA-SAN...

Je m'étais déjà préparé à cette éventualité...
Quitte à me faire dévorer par un zombie... Je préfère que ce soit par Kazuma-san.
Mais j'imagine...
Qu'il se haïrait d'avoir fait ça...
.....
Non... C'est impos-sible...

GRIP
Mais...
SCHRIIC...
ÇA VA...
TU PEUX
ME DÉVORER...

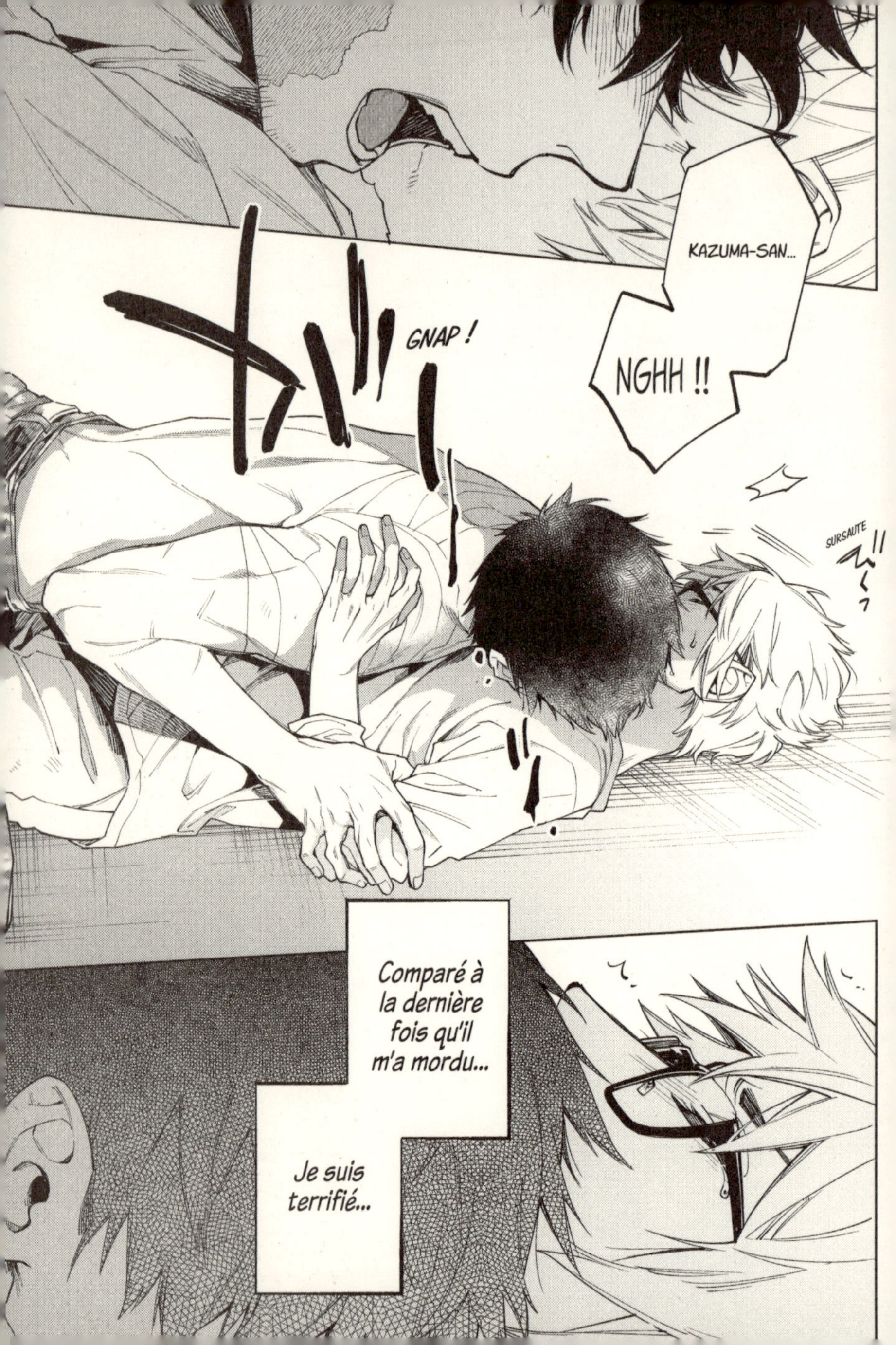

KAZUMA-SAN...
NGHH !!
GNAP !
SURSAUTE
Comparé à la dernière fois qu'il m'a mordu...
Je suis terrifié...

BADABOUM
AÏE...
SURSAUTE...
....!
GRIP
KAZUMA-SAN...
C'EST DÉJÀ À CE POINT-LÀ...
GRIP-

GRIP...
KAZUMA-SAN...?
EUH... JE...
VACILLE...
よろ...

ZOMBIE·HIDE·SEX

ZOMBIE·HIDE·SEX 2

HARU...
OMI...?

FLOU...
...?
Pourquoi il y a tant de sang...?
AH...!

ON A INJECTÉ LE VACCIN À MISHIBA-KUN TRÈS PEU DE TEMPS APRÈS QU'IL AIT ÉTÉ MORDU.
SI ÇA SE TROUVE, SES CELLULES ONT TUÉ LE VIRUS...?
!

ET SI ON COMPRENAIT QUOI...
AH !
ATTENDS UN INSTANT...
PARFOIS, IL EXISTE DES CAS OÙ LES PERSONNES CONTAMINÉES NE MONTRENT AUCUN SIGNE D'INFECTION...
TU PARLES DE CONTAMINATION ASYMPTOMATIQUE ?
MAIS MÊME S'IL N'A PAS DE SYMPTÔMES...
LE VIRUS DEVRAIT QUAND MÊME ÊTRE PRÉSENT DANS SES CELLULES, NON ?

C'EST VRAI QU'AVEC UNE MARQUE PAREILLE, ON SE DIT QU'ELLE A FORCÉMENT ÉTÉ FAITE PAR QUELQU'UN D'INFECTÉ...
MAIS DANS CE CAS, ÇA N'EXPLIQUE PAS UN TEL ÉCART DANS LES RÉSULTATS.
PEUT-ÊTRE QU'IL S'EST PASSÉ QUELQUE CHOSE DE DIFFÉRENT AVEC EUX...

OUI...
LE VIRUS N'EST PRESQUE PAS PRÉSENT.
ÇA VEUT DIRE QUE LE VACCIN QU'ON LUI A INJECTÉ A FAIT EFFET ?
MAIS QUAND MÊME, QUELLE DIFFÉRENCE AVEC CHIGASAKI-SAN...
OU ALORS, MISHIBA-KUN N'ÉTAIT PAS RÉELLEMENT INFECTÉ ?
?
POURTANT... IL AVAIT BIEN UNE MARQUE DE MORSURE VISIBLE...

LE VIRUS A MUTÉ CHEZ LUI DÈS LE DÉBUT...? C'EST POUR ÇA QUE LE VACCIN N'A PAS FONCTIONNÉ ?
C'EST POSSIBLE, EN EFFET.
MAIS...
カチカチッ..
CLIC
CLIC
VOICI LE VRAI PROBLÈME.
C'EST QUOI...?
LES RÉSULTATS SANGUINS DE MISHIBA-KUN.
HEIN ? MAIS...

SEN... REGARDE ÇA...
C'EST UNE COMPARAISON QUE J'AI FAITE AVEC CHIGASAKI-SAN ET D'AUTRES INFECTÉS.
ON PENSAIT QUE C'ÉTAIT LE MÊME GENRE D'INFECTION, MAIS...
LE VIRUS DANS LE CORPS DE CHIGASAKI-SAN N'EST PAS EXACTEMENT PAREIL.
C'EST À CAUSE DU VACCIN QU'ON LUI A FAIT ?
MAIS ON A INJECTÉ LA MÊME CHOSE À HAYAKAWA, ET IL N'Y A PAS EU UN TEL CHANGEMENT...

SEEEEERRE...
HMPF...!
ぷはっ
FUAH...
KAZUMA-SAN...
TU ME FAIS MAL...
HEIN...?

DÉSOLÉ DE T'AVOIR LAISSÉ SEUL...
SERRE...!
ぎゅ...
BOBOM
ドキ...
BOBOM
ドキ
BOBOM
ドキ
C'EST RIEN...
ドキ...
C'EST BIZARRE, JE SUIS GÊNÉ, D'UN COUP...
GLISSE...
する...
SERRE
ぎゅ...
MAIS JE SUIS CONTENT...

AH...
LE VOILÀ...
TAP...
KAZUMA-SAN !
HARUOMI...

JE T'EN PRIE...
HHH...
KAZUMA-SAN...?
FLOUP...
SON INFECTION... ELLE S'ÉTENDAIT...
EST-CE QUE ÇA A EMPIRÉ ?

SI JAMAIS JE DEVIENS COMPLÈTEMENT INFECTÉ...
TU POURRAS PRENDRE SOIN DE MISHIBA-KUN ?
QUOI...?!
J'AIMERAIS PLUS QUE TOUT RESTER À SES CÔTÉS...
MAIS SI ÇA CONTINUE... JE VAIS FINIR PAR LE TUER.
GRIP...

J'AI ÉTÉ IDIOT...
QUOI ?
À FORCE DE PENSER À HARUOMI,
J'AI BAISSÉ MA GARDE...
IL NE FALLAIT PAS ÊTRE UN GÉNIE...
POUR VOIR QUE CE TYPE AVAIT ÉTÉ MORDU PAR QUELQU'UN DE CONTAMINÉ...
JE L'AVAIS REMARQUÉ DÈS LE DÉBUT, MAIS...
CHIGASAKI-KUN...
MISATO...

MISATO...
TOI ET MISHIBA-KUN, VOUS N'AVEZ PAS MANGÉ CE SOIR, PAS VRAI ? VOUS N'AVEZ PAS FAIM ?
MOI NON, MAIS J'IRAI CHERCHER QUELQUE CHOSE POUR HARUOMI TOUT À L'HEURE.
AH...!
CHIGASAKI-KUN, TA BLESSURE...!
OUI...
ON DIRAIT QUE ÇA EMPIRE.
L'INFECTION S'ÉTEND DE PLUS EN PLUS...
JE N'AI PAS EU L'OCCASION DE TE POSER LA QUESTION HIER, MAIS... TU AS ÉTÉ MORDU PAR QUELQU'UN D'INFECTÉ, C'EST BIEN ÇA...?
JE N'ARRIVE PAS À CROIRE QUE QUELQU'UN AIT RÉUSSI À TE MORDRE...

Malgré tout...
J'aimerais tellement qu'on reste ensemble.
CARESSE...
CLAC
AA AH...
GH HH HH...
RHH HH...
Moi aussi, bientôt...
....
CHIGASAKI-KUN ?

BOBOM !
BOBOM !
BOBOM !
AH...
C'ÉTAIT UN RÊVE...?
CARESSE...
BOBOM !
BOBOM !
BOBOM !
SERRE...
HARUOMI...
Si je veux le protéger, je n'ai plus le droit de rester avec lui...
J'en suis conscient, mais...
SURSAUTE
MMH...
KAZUMA-SAN...
ZZZZZ
ZZZZZ

J'ai peur de cet homme à l'intérieur de moi qui a envie de le dévorer tout cru...
AH...!

Ça m'a rendu tellement heureux quand il m'a avoué ce qu'il ressentait...
C'est là que je me suis rendu compte que j'étais tombé amoureux de lui.
Et pendant un instant...
J'ai vraiment envisagé l'idée de commettre un double suicide avec lui.
Mais mainte-nant...

Et c'est là que je l'ai rencontré, le premier survivant que je voyais...
J'avais besoin de chaleur humaine, alors je me suis rapproché de lui sans même y penser...
Il avait souvent l'air anxieux et fatigué, mais malgré tout, c'était quelqu'un de sérieux...
Et j'ai senti que je pou-vais lui faire confiance.
Quand il était trop inquiet, il se mettait à pleurer...
Et petit à petit, je me suis senti attiré par la diversité de ses expressions...

Quand on s'est rencontrés...
Je ne pensais pas qu'il deviendrait quelqu'un de si important pour moi.
C'EST VRAI...
Tant de gens étaient morts, tant de gens étaient infectés...
J'ai continué seul, cherchant désespérément une réponse pour expliquer la mort de mes camarades.

MAIS...
QUAND MÊME...
......
IL VEUT QU'ON RESTE...
TOUTE LA VIE EN-SEMBLE...
CARESSE

KAZUMA-SAN...
TA BLESSURE À L'ÉPAULE...
ELLE N'ÉTAIT PAS SI ÉTENDUE, AVANT...
... TU N'AS PAS BESOIN DE T'INQUIÉTER DE ÇA POUR LE MOMENT.
AH... AH BON...?
CARESSE

OUI...
ON RESTERA TOUJOURS ENSEMBLE...
SPLURT...
BOBOM...!
AAH...
HAA...
TIENS...
L'INFECTION ÉTAIT AUSSI ÉTENDUE QUE ÇA, AVANT...?

NNH...
NN NH ...
BOBOM
BAM
SLURP
AAH...
KAZUMA-SAN...
JE T'AIME...
HAA...
JE VEUX...
RESTER AVEC TOI POUR TOUJOURS...

AH... MES LUNETTES...
JE NE VOIS PLUS TON VISAGE...
CLAC
HAA...
ELLES AVAIENT L'AIR SUR LE POINT DE TOMBER, C'EST POUR ÇA...
ET PUIS...
SI JE ME RAPPROCHE DE PLUS PRÈS, TU ME VERRAS, NON...?
GUTCH
GUTCH
HAA...
HAA...
CRIIC
CRIIC

NNH...
CRIIC
ギッ
NNH...
FHHH...
NNH ...!
MMH ! ♡
CRIIC
ギッ
PAF
だんっ
PAF
だんっ
だんっ
CRIIC
ギシッ
DAM
ぱんっ
DAM
ぱんっ
AAH...
AAH... NNH...
DAM
ぱんっ
FLUIP
ふるっ
AH...!
TREMBLE
がくっ
C'EST TROP BON...
GLISSE
ずるっ
TREMBLE
がくっ
KAZUMA-SAN...

AH !
PAF
AH !
AAH...!
AAH ! ♡
PAF
PAF
NNH...
PAF
PAF
CRIIC
CRIIC
AAH ...!
AH !
CRIIC
HARUOMI...
CRIIC
HARUOMI...!
CRIIC
KAZUMA-SAN...
NNH...
SLURP
POUSSE...
BOBOM
....!!
BOBOM

する…
GLISSE...
MOI AUSSI...
JE T'AIME...
KAZUMA...
SAN...
POUSSE...
ぐちゅっ
GRIP
ギシ…ッ
AH...!
AAH !
NNNH
NNH... ♡
NN NH...
ぱんっ
PAF
ぱんっ
ぱちゅっ
FLOUP
ぱちゅっ
PAF
ぱんっ
AA AH...
CRIIIC
ギッ
NHH... ♡
BOBOM
CRIIIC
ギッ
CRIIIC
ギッ

HARUOMI...
JE T'AIME...
.....
BOBOM...

ZOMBIE·HIDE·SEX 2

ZOMBIE·HIDE·SEX 2

FRISSON
CHIGASAKI-SAN...
HAA...
HAA...
HARUOMI...
JE T'AIME...

HAA...
CRIIIC...
JE VAIS LA METTRE...
HAA...
BOBOM
POUSSE...
BOBOM
HHH... MM MH...
GRIP...
WHAM !

C'EST TROP BON...
HAA...
HAA...
CHIGASAKI-SAN...
.....
BOBOM
FOUILLE...
SCHRIC
SCHRIC

BOBOM
BEN... C'EST PARCE QUE...
J'AI HONTE...
BOBOM
JE SAIS QUE TU M'AS DÉJÀ VU PLEIN DE FOIS, MAIS...
GYAH !!
FLOUP...
TREMBLE...
AH... AAH...
AAH...
FLOUP
TREMBLE
FLOUP
NNNH...
BOBOM
AH...
FLOUP
FLOUP
C'est pas pareil que quand je me suis touché hier...
HAA...
HAA...
Ses doigts sont plus épais et plus brusques...
FLOUP...

AAH...
AH...
NNH...
SLURP
SLURP
SLURP
FUIP...
ENLÈVE...
AH...
BOBOM
BOBOM
A... ATT... ATTENDS UN INSTANT...
BOBOM
BOBOM
POURQUOI TU TE CACHES, MISHIBA-KUN ?
SLURP

JE NE VAIS PEUT-ÊTRE PAS ÊTRE CAPABLE D'Y ALLER DOUCEMENT...
BOBOM
O...
OK...
SURSAUTE
AH...!
FUIP
NNH...
BOBOM
SLURP

CHIGASAKI-SAN...
GRIP
TOUCHE-MOI...
TOC
!!
BOBOM
TU SAIS VRAIMENT BIEN COMMENT M'EXCITER, TOI...
?

CHIGASAKI-SAN...!
ふはっ
FUAH...
HAA
HAA

TU ES SÛR QUE TU AS ENVIE D'ÊTRE AVEC MOI...?
REGARDE DANS QUEL ÉTAT EST LE MONDE...
SI TU RESTES AVEC MOI... TU NE POURRAS PAS AVOIR D'ENFANTS...
MMH...!
MISHIBA-KUN...
JE VEUX RESTER À TES CÔTÉS JUSQU'À LA FIN.

J'AURAIS DÛ TE LE DIRE QUAND JE M'EN SUIS RENDU COMPTE...
JE SUIS DÉSOLÉ...
JE T'AI FAIT DE LA PEINE INUTILEMENT.
MERCI DE ME L'AVOIR DIT... ÇA ME REND SUPER HEUREUX.
.....
CÂLIN...

JE VEUX QUE TU CONTINUES À ME TOUCHER...
MOI AUSSI...
MOI AUSSI, JE T'AIME, MISHIBA-KUN.

Je suis sûr de ne pas me tromper sur ce que je res-sens...
JE...
JE T'AIME, CHIGASAKI-SAN !
J'AI ENVIE DE RESTER AVEC TOI POUR TOUJOURS !
JUSQU'À LA FIN...

C'était peut-être bien un syndrome du pont suspendu, en effet...
Mais...
Ça, c'était au tout début.
Peut-être que c'était la peur qui me faisait battre le cœur...
Mais ensuite, j'ai été attiré par sa gentillesse, je l'admirais et le respectais...
Et un sentiment nouveau est né de tout ça.

BOBOM...
.....
ÇA N'AVAIT RIEN À VOIR...
EN FAIT... C'EST QUAND JE VOUS AI VUS PARLER ENSEMBLE, TOI ET MISATO-SAN...
MON CŒUR S'EST SERRÉ...
J'ÉTAIS JALOUX DE MISATO-SAN, QUI TE CONNAÎT SI BIEN, ALORS QUE MOI JE TE CONNAIS À PEINE...
ET DU COUP, JE T'AI BALANCÉ MES SENTIMENTS À LA FIGURE, ÉGOÏSTEMENT...

QUAND ON S'EST VUS...
J'AI DIT QUELQUE CHOSE QUI T'A BLESSÉ, C'EST ÇA ?
.....
NON, PAS DU TOUT...
C'EST VRAI ?
DANS CE CAS, TANT MIEUX...
JE ME SENTAIS MAL DE T'AVOIR FAIT PLEURER...
SERRE
CHIGASAKI

CH... CHIGASAKI-SAN...
IL EST INCROYABLE, CHIGASAKI-SAN...
ON NE PEUT PAS LUI DIRE NON...
DÉSOLÉ DE T'AVOIR FAIT VENIR ICI.
C'EST PAS GRAVE...
EST-CE QU'IL A ENTENDU NOTRE CONVERSA-TION...?
NERVEUX
EN FAIT... J'ÉTAIS INQUIET À PROPOS DE CE QUI S'EST PASSÉ HIER SOIR...

QU... QUOI ?
TOC
TOC
SURSAUTE
!!
DÉSOLÉ DE VOUS INTER-ROMPRE...
JE PEUX T'EMPRUNTER MISHIBA-KUN UN PETIT MOMENT ?
EUH... OUI, BIEN SÛR !
!!
GRIP
AH...

[*Suspension Bridge Effect : effet produit lorsqu'une personne en situation de danger confond ses sentiments de peur pour de l'amour.]

C'EST L'APOCALYPSE, DEHORS, ALORS JE CROIS QUE ÇA N'A PLUS GRANDE IMPORTANCE D'AIMER QUELQU'UN DU MÊME SEXE...
QUAND ON EST AMOUREUX DE QUELQU'UN, C'EST NORMAL DE VOULOIR RESTER AVEC CETTE PERSONNE.
JE NE TROUVE PAS ÇA DÉGOÛTANT DU TOUT.
......
À T'ENTENDRE PARLER COMME ÇA, ÇA M'A FAIT RÉFLÉCHIR...
JE ME SUIS PRIS UNE LEÇON DE VIE PAR UNE GAMINE...
MAIS...

AH BON…
CHIGASAKI-SAN T'A SAUVÉ LA VIE, TU AS DÉCIDÉ DE RESTER AVEC LUI, ET TU ES TOMBÉ AMOUREUX DE LUI…
ET DU COUP, C'EST POUR ÇA QUE TU ÉTAIS JALOUX DE SAORI-SAN HIER.
Pourquoi je parle de ma vie privée à une lycéenne, moi ?
DÉSOLÉ DE T'AVOIR RACONTÉ TOUT ÇA, NISHIMORI-SAN…
TU DOIS PROBABLEMENT TROUVER ÇA UN PEU DÉGOÛTANT, NON ?
HEIN ? DÉGOÛTANT ?
PAS DU TOUT, POURQUOI ?

HEIN ?!
QUOI ?!
PARDON ?!
EN FAIT... JE VOUS AI VUS VOUS EMBRASSER HIER, TOUS LES DEUX...
MAIS L'AMBIANCE ENTRE VOUS ÉTAIT UN PEU BIZARRE...
ET PUIS, TOUT À L'HEURE, TU L'AS COMPLÈTEMENT IGNORÉ !
IL FAISAIT UNE TÊTE DE CHIEN BATTU, APRÈS... JE NE SAIS PAS CE QUI S'EST PASSÉ ENTRE VOUS, MAIS SI VOUS ÊTES ENSEMBLE, VOUS DEVRIEZ VOUS RÉCONCILIER LE PLUS VITE POSSIBLE !
ON N'EST PAS ENSEMBLE...
BOBOM
QUOI ?! QU'EST-CE QUE ÇA VEUT DIRE ?!
GRIP
MAIS VOUS VOUS ÊTES EMBRASSÉS ! ÇA VEUT DIRE QUE TU L'AIMES, NON ?!
LES FILLES SONT VRAIMENT PASSIONNÉES QUAND ELLES PARLENT D'AMOUR, C'EST FOU...

食堂
ASSIEDS-TOI.
ガタ CLAC...
EUH, OUI...
Euh... Pourquoi elle veut me parler ? J'ai fait un truc ?
EUH... DÉSOLÉE, JE VAIS ÊTRE UN PEU DIRECTE, MAIS...
EST-CE QUE VOUS SORTEZ ENSEMBLE, TOI ET CHIGASAKI-SAN ?

TAP すた
TAP すた
Ça craint !
Entre ce qui s'est passé hier et le vent que je viens de lui mettre, j'ai trop honte !!
J'AI FAIT EXPRÈS DE L'IGNORER... IL VA FORCÉMENT S'EN RENDRE COMPTE...
Mais j'arrive pas à le regarder dans les yeux !
TIRE
HEIN ?
EUH... EST-CE QU'ON PEUT PARLER UN INSTANT ?

ばさっ
FLAP
IL FAUT VITE QUE J'AILLE LUI PARLER.
AH, KASAI-SAN, JE VAIS VOUS AIDER !
MISHIBA-K...
.....
C'EST GENTIL, MERCI ! TIENS, TU PEUX PORTER ÇA À HIRASAKA ?
AAAH...
Il m'énerve...
QU'EST-CE QUI T'ARRIVE, MEI ?
.....

ふ…
HH...
おく…
FLOUP...
MISHIBA-KUN...
MH ?
IL EST DÉJÀ RÉVEILLÉ ?

ギシ…
CRIIC...
ゴソ…
FLOUP...
……
ギュ…
SERRE...

JE VAIS ESSAYER D'AMÉLIORER L'EFFICACITÉ DE L'INJECTION.
SI QUELQUE CHOSE NE VA PAS, VENEZ IMMÉDIATEMENT M'EN PARLER.
ENTENDU...
CLAC
ガバァ...
MISHIBA-KUN DORT DÉJÀ...
JE VOULAIS LUI DEMANDER POURQUOI IL PLEURAIT... JE N'AI PAS EU LE TEMPS.
CARESSE...

VOUS POUVEZ ME MONTRER LA BLESSURE ?
ENLÈVE...
!
HMM... C'EST PAS BON SIGNE.
AU MOINS, VOUS ÊTES TOUJOURS CONSCIENT... QUELQUE CHOSE D'AUTRE À SIGNALER, À PART LA DOULEUR ?
NON, RIEN POUR L'INSTANT.
L'EFFET DE LA PREMIÈRE INJECTION A DÛ S'ESTOMPER. JE VAIS VOUS EN REFAIRE UNE PAR PRÉCAUTION...
Il faut aussi qu'on change vos bandages.
Tenez, asseyez-vous.

!
TU AS RAISON, JE VAIS ALLER LUI EN PARLER.
MERCI DE T'INQUIÉTER POUR MOI.
.....
JE SUIS AUSSI INQUIET À PROPOS DE MISHIBA-KUN, MAIS BON... QU'EST-CE QUE JE PEUX Y FAIRE ?
VOUS ÊTES EN TRAIN DE DIRE QUE VOTRE ÉTAT EMPIRE ?
OUI, JUSQUE-LÀ, ÇA ALLAIT... MAIS LÀ, ÇA S'EST REMIS À ME FAIRE MAL.

AH !
MISHIBA-KUN...
EUH...
TOUT VA BIEN ?
はっ
GLING
AH... OUI, ÇA VA...
SI TU CHERCHES MISATO, ELLE EST PARTIE TE RETROUVER.
AH BON ! D'ACCORD, MERCI BEAUCOUP.
EUH...
CETTE BLESSURE... VOUS AVEZ ÉTÉ INFECTÉ ?
VOUS N'AVEZ PAS L'AIR EN FORME... VOUS DEVRIEZ PEUT-ÊTRE CONSULTER YORIOKA-SAN...

MAIS QU'EST-CE QUI M'ARRIVE...?

HAA...
HAA...
QU'EST-CE QUE J'AI FAIT...?
Je ne voulais pas dire ça...
J'ai tout ramené à moi, encore une fois... Quel égoïste...

DOULEUR
DOULEUR
MINCE... LA DOULEUR SE RÉVEILLE...
L'INJECTION NE FAIT PLUS EFFET...?
Mishiba-kun...
Il pleurait...
DOULEUR
MERDE... POURQUOI MAINTENANT...
DOULEUR

HEIN...?
MISHIBA-KUN !
FUITE
....!!
DOULEUR !
CLAC
GLING

ぐいっ
GRIP...
CHIGASAKI-SAN...
TU NE M'AS JAMAIS MONTRÉ CETTE EXPRESSION-LÀ, À MOI...

AH BON, JE VOIS...
?
IL A PAS L'AIR EN FORME...
DÉSOLÉ... JE NE VOULAIS PAS PLOMBER L'AMBIANCE EN TE PARLANT DE ÇA...
NE SOIS PAS TRISTE, MISHIBA-KUN.
Aah...
Fait chier...
Je sais...
Que ce n'est pas le bon moment pour penser à ça, mais...

TU ES ALLÉ PRENDRE TA DOUCHE ? FAIS ATTENTION À NE PAS ATTRAPER FROID.
OUI...
CES PLAQUES...
MH ?
AH, ÇA ?
VOUS AUSSI, VOUS AVEZ DES DOG TAGS, ALORS...
C'EST LA PREMIÈRE FOIS QUE JE LES VOIS.
C'EST VRAI QUE JE NE TE LES AI JAMAIS MONTRÉES...
JE LES AI MÉLANGÉES AVEC CELLES DE MES COMPAGNONS D'ARMÉE...

SURSAUTE
SAORI-SAN ?!
IL FAUT QUE J'Y AILLE... J'ESPÈRE QU'ELLE NE VERRA PAS QUE J'AI PLEURÉ.
T'INQUIÈTE PAS... ÇA DEVRAIT ALLER.
JE VAIS QUAND MÊME PASSER AUX TOILETTES.
À PLUS.
OK...
TAP...
.....
.....
GLING
MISHIBA-KUN...

JE VOIS...
GRIP...
キュ…
ÇA A DÛ ÊTRE TELLEMENT DUR...
....!

OUI...
ジャラ
GLING
!
MAIS...
ILS APPARTENAIENT À MES HOMMES.
CEUX QUI ONT PRÉFÉRÉ SE SUICIDER QUAND ILS SE SONT RETROUVÉS INFECTÉS, ET CEUX QUE J'AI DÛ TUER DE MES PROPRES MAINS...

MAINTENANT QUE JE M'EN SUIS RENDU COMPTE, JE NE SAIS PLUS COMMENT LUI FAIRE FACE...
EN PLUS, JE ME SUIS MASTURBÉ EN PENSANT À LUI...
JE SUIS VRAIMENT CONTENTE DE TE REVOIR, CHIGASAKI-KUN.
PLEIN DE GENS SONT MORTS...
J'ÉTAIS INQUIÈTE, JE NE SAVAIS PAS CE QU'ON ALLAIT BIEN POUVOIR FAIRE AVEC MEI...
AU FAIT, CHIGASAKI-KUN... DÔJIMA-KUN ÉTAIT AVEC TOI QUAND ÇA S'EST DÉCLARÉ, NON ?
CACHE...
MINCE, POURQUOI JE ME CACHE, MOI ?

JE LE SAVAIS...
JE SUIS AMOUREUX DE LUI...
AAH...
MERDE...

Son dos rassurant, qui me rappelle qu'il me protège...
Ses mains chaudes qui me touchent en douceur...
Son regard qui plonge directement dans le mien...
J'aime tout chez lui...
NNNH...
SPLURT !
BOBOM !
PLIC
HAA
HAA

REGARD...
J'AI ENVIE DE ME TOUCHER DERRIÈRE AUSSI...
FUIP
NHH...
FLOUP
FLOUP
MMH...
FLOUP
NNNH...
HHH...
CHIGASAKI-S...
HAA
HAA
FLOUP
FLOUP
CHIGASAKI-SAN...
FLOUP
FLOUP

HAA...
FLAP
にゅる…
FLAP
にゅぷっ…
CHIGA...
BOBOM
ドキ…
BOBOM
ドキ
BOBOM
ドキ
SAKI-SAN...
NNH...
NH...
HH...
FUIP...
うず…
FLAP
にちゅっ
.....
FLAP
にちゅ…っ

FUIP...
AH...
MINCE...
JE BANDE...
FLOUP...
FLOUP
FLAP
NNNH...
BOBOM

Chigasaki-san...
Je me demande ce qu'il pense de moi...
FUIP...
Pour l'instant, c'est juste une relation purement sexuelle, mais...
La dernière fois... Il a dit qu'il avait envie de moi...
Je couche avec toi...
Parce que j'ai envie de toi.
Est-ce qu'il a un peu de sentiments pour moi...?
Ce serait bien...

SHHHH...
QUELLE CHANCE DE POUVOIR PRENDRE UNE DOUCHE...
......
COUIC
EST-CE QUE MISATO-SAN NE SERAIT PAS VRAIMENT AMOUREUSE DE CHIGASAKI-SAN...?
QUAND ON LUI A POSÉ LA QUESTION, ELLE A RÉPONDU NON, MAIS BON...

AH ! EUH...
R... RIEN DU TOUT !
BOBOM
ドキッ
.....
AH BON...
SHHHHHH...

BON, EH BIEN, PAR ICI...
HI HI...
ALLEZ, VIENS !
CLAC
OK, OK...
Des dog tags*...
GLING...
[*Plaque d'identification pour les militaires]
AU FAIT, JE N'AI PAS VU CHIGASAKI-SAN EN PORTER...
FIXE...
QU'EST-CE QU'IL Y A ?

AU FAIT, ÇA FAIT UN MOMENT QUE JE VOUS AI FAIT L'INJECTION. COMMENT VOUS VOUS SENTEZ ?
MIEUX QUE QUAND J'AI ÉTÉ MORDU... MAIS J'AI QUAND MÊME UN PEU MAL.
MOI, ÇA VA.
JE VOIS...
SCHRIC
SCHRIC
AVANT TOUTE CHOSE, POUR FABRIQUER UN VACCIN DÉFINITIF, NOUS AVONS BESOIN DE RASSEMBLER DES DONNÉES.
JE SUIS DÉSOLÉ, MAIS J'AIMERAIS VOUS DEMANDER UN ÉCHANTILLON DE SANG À VOUS AUSSI.
HEIN ? C'EST OBLIGÉ ? MINCE...
J'aime pas les piqûres...
N'EMPÊCHE...
Mishiba-kun a été mordu, lui aussi, mais pour l'instant, il n'a aucun symptôme...
Ça doit varier pour chaque individu selon le moment où ils ont été mordus...
Peut-être que c'est juste une réaction tardive. Je vais quand même garder un œil sur lui...

AU FAIT !
ON N'A PAS ENCORE FAIT LES PRÉ-SENTATIONS.
JE M'APPELLE SAORI MISATO. JE N'EN AI PAS L'AIR, MAIS JE SUIS MILITAIRE.
ET ELLE...
JE M'APPELLE MEI NISHIMORI.
J'ÉTAIS EN FUITE QUAND SAORI-SAN M'A SAUVÉ LA VIE.
ÇA S'EST PASSÉ UN PEU DE LA MÊME FAÇON POUR NOUS.
JE M'AP-PELLE CHIGASAKI.
AH...
JE M'APPELLE HARUOMI MISHIBA...
JE VAIS LAISSER LES AUTRES SE PRÉSENTER, PUIS J'EX-PLIQUERAI LA SITUATION.
.....
JE VOIS... DÉVELOPPER UN VACCIN...
SI C'ÉTAIT POSSIBLE, ÇA CHANGERAIT COMPLÈTEMENT LA SITUATION...

.....
AH, DÉSOLÉE !
JE VOIS QUE TU ES BLESSÉ...
QU'EST-CE QUI T'EST ARRIVÉ ? ÇA NE TE RESSEMBLE PAS DE BAISSER TA GARDE.
AH... IL Y A EU UN INCIDENT...
....?
VOUS VOUS CONNAISSEZ BIEN, DITES DONC.
C'est bizarre...
VOUS ÊTES LE PETIT COPAIN DE SAORI-SAN ?
MAIS NON ! C'EST JUSTE UN COLLÈGUE ! CELLE-LÀ, ALORS...
J'ai la poitrine serrée...

... CHIGASAKI-KUN ?
MISATO ?
TU ES VIVANT !!
JE SUIS TROP CONTENTE !!

Il a tué un zombie avec un drop kick...
KASAI EST DOUÉ POUR ÇA... IL EST CAPABLE DE LES VAINCRE À MAINS NUES.
ÇA VA...?
ALLEZ, DÉPÊCHEZ-VOUS !!
IL ÉTAIT DÉLINQUANT AVANT...
DÉLINQUANT...?
OUAIS...
HAA
BREF, ON S'EN EST TOUS SORTIS !
ET MERCI À TOI DE L'AVOIR PROTÉGÉE !
CÂLIIIIIN
AH, DE RIEN...
MERCI BEAUCOUP DE NOUS AVOIR AIDÉS !
JE NE SAVAIS PAS QU'IL Y AVAIT AUTANT DE SURVIVANTS...

BAISSEZ-VOUS !!
HEIN ?!
PAF !!
Ouaaah...

VAS-Y EN PREMIER !!
PAF
HEIN ?!
SAORI-SAN !!
MISHIBA-KUN !
COURT...
ÇA VA ?! VITE, PAR ICI !
MAIS SAORI-SAN EST ENCORE LÀ-BAS !
JE SAIS, MAIS IL FAUT SE METTRE À L'ABRI...
AH !
NON !! PAS PAR-LÀ !!

HAA...
HÉ ! C'ÉTAIT QUOI, CE BRUIT ?
ON A VU DEUX SURVIVANTES COURIR DANS LA RUE.
LES VOILÀ !
PAR ICI !! PAR ICI !!
!
!?
GRIP

D'OÙ VENAIT LE COUP DE FEU...?
AH !
CHIGASAKI-SAN, LÀ-BAS !!
ELLES VIENNENT PAR ICI !!
MISHIBA-KUN ! RESTE ICI !
HEIN ?
QUOI ?!
NON !! JE VIENS AUSSI !

PAN !
C... CE BRUIT...
OUAH !
SURSAUTE
C'ÉTAIT UN COUP DE FEU.
IL Y A PEUT-ÊTRE DES SURVIVANTS À PROXIMITÉ.

Maintenant...
BOBOM
BOBOM
SERRE...
Il n'y a plus seulement de l'embarras.
BOBOM
CHIGASAKI-SAN !
JE...
BOBOM
BOBOM

BOBOM
AAAAAAH !
Maintenant, c'est complè-tement différent.
SPLURT !
TU ES SENSIBLE, AUJOURD'HUI...
HAA
HAA

BOBOM
BOBOM
!!
!
AH...?!
GRIP
BOBOM
AH !
NON...
BOBOM
ÇA...
ÇA VIENT...
FROTTE
BOBOM
BOBOM

BISOU
MH...
NHH...
Il m'a déjà masturbé auparavant, mais...
BOBOM
FUIP
NHH...
FLOUP
MH...
AH...
BISOU
Ce n'était pas la même chose...
HAA
À ce moment-là, j'étais juste très mal à l'aise.
Mais maintenant...

BOBOM
AH...!
GLISSE
BISOU
BOBOM
NHH...
AH...
ATTENDEZ...
FUIP...
TU BANDES...
.....
LA FAUTE
À QUI ?!

GLISSE...
ON EST ASSORTIS, MAINTENANT !
CÂLIN
AAH ?!

NHH...
......
CARESSE...
!

BISOU...
FUIP
NNH...
BOBOM
NNH...
GLISSE
HAA...
CHIGASAKI-SAN...
......

BISOU
MERCI D'AVOIR CONTINUÉ À Y CROIRE.
.....
ROUGIT...
CHIGASAKI-SAN...

TU M'AS SAUVÉ LA VIE.
AH... EUH... NON, C'EST YORIOKA QUI VOUS A INJECTÉ LE VACCIN,
PAS MOI...
ROUGIT...
GLISSE
OUI, MAIS SI TU NE LES AVAIS PAS DÉ-SESPÉRÉMENT APPELÉS À L'AIDE, ILS NE SERAIENT PAS VENUS...

Comme Chigasaki-san a failli se faire tuer, on n'a pas trop eu le temps de se poser pour souffler...
Mais maintenant qu'on n'est qu'à deux, je me sens super mal à l'aise... L'ambiance est tendue...
Quand je lui ai demandé de me mordre... C'était comme si je demandais qu'on se suicide ensemble...
Et on s'est embrassés...
Maintenant qu'on est sauvés, je peux pas m'empêcher d'avoir honte...
MMH...
POSE
BOBOM
MERCI...
HEIN ?!

LA PREMIÈRE FOIS QUE J'AI VU QU'IL Y AVAIT DES ARBRES SUR CE TOIT, J'AI ÉTÉ SURPRIS PAR LA BEAUTÉ DE CET ENDROIT.
IL Y A AUSSI DES PANNEAUX SOLAIRES QUI PERMETTENT DE FOURNIR DE L'ÉLECTRICITÉ.
MÊME SI CE N'EST PAS LA SEULE RAISON POUR LAQUELLE ON A CHOISI CE CENTRE.
JE VAIS REDESCENDRE ET VOUS LAISSER TRANQUILLE.
PROFITEZ BIEN.
AH...
MERCI BEAUCOUP !
.....
HHH...

ガチャ
TCHAC
LE TOIT...?
OUAAH...
UN JARDIN SUSPENDU...

BREF, PRENONS UNE PETITE PAUSE. VENEZ AVEC MOI, TOUS LES DEUX, JE VAIS VOUS MONTRER UN ENDROIT SYMPA.
ガタ
LÈVE...
AH OUI, BONNE IDÉE !
?
UN ENDROIT SYMPA...?
LÀ, CE SONT LES CHAMBRES, ET PAR LÀ, CE SONT LES DOUCHES.
AU FAIT, IL Y A DES GENS INFECTÉS QUI RÔDENT ENCORE DERRIÈRE LES BARRICADES, DONC SOYEZ PRUDENTS.
ET SINON,
VOICI L'ENDROIT QUE JE VOULAIS VOUS MONTRER.

EST-CE QUE VOUS ACCEPTERIEZ DE PARTICIPER À UN ESSAI CLINIQUE POUR NOS RECHERCHES ?
MOI, ÇA NE ME DÉRANGE PAS D'ACCEPTER.
MAIS ÇA PRÉSENTE UN RISQUE POUR MISHIBA-KUN...
!
C'EST VRAI, MAIS NOUS AIMERIONS RÉCOLTER LE PLUS DE DONNÉES POSSIBLE.
QU'EN PENSES-TU, MISHIBA-KUN ?
JE SUIS D'ACCORD !
MOI AUSSI, JE VEUX TROUVER UN VACCIN DÉFINITIF LE PLUS TÔT POSSIBLE !
AH BON... SI TU ES D'ACCORD, DANS CE CAS...

D'AILLEURS, CHIGASAKI-SAN, C'EST CE QU'ON VOUS A INJECTÉ.
C'ÉTAIT UNE URGENCE, DONC JE N'AI PAS PU VOUS DEMANDER LA PERMISSION AVANT DE LE FAIRE... JE VOUS DOIS DES EXCUSES.
NON...
SERRE...
J'ÉTAIS TELLEMENT SÛR QUE J'ALLAIS MOURIR...
JE VOUS REMERCIE DE M'AVOIR SAUVÉ LA VIE...
CHIGASAKI-SAN...
DANS CE CAS...

C'EST LÀ QU'ON S'EST DIT QU'IL FALLAIT QU'ON TROUVE UN VACCIN POUR LE SAUVER.
DONC ON EST VENUS DANS CE LABO.
SANS VOUS, JE NE SAIS PAS CE QUE J'AURAIS FAIT...
CET ENDROIT ÉTAIT INFESTÉ, LUI AUSSI, MAIS HEUREUSEMENT, ON A RÉUSSI À SAUVER HIRASAKA-SAN.
ENSUITE, HIRASAKA-SAN NOUS A APPORTÉ SON AIDE,
ET ON A RÉUSSI À METTRE AU POINT UN VACCIN QUI RALENTIT L'INFECTION.
L'INJECTION A PERMIS À NOTRE COLLÈGUE DE SE DÉBARRASSER DES SYMPTÔMES, MAIS...
PEU DE TEMPS APRÈS, IL A ÉTÉ DÉVORÉ PAR QUELQU'UN DE CONTAMINÉ.

QU'EST-CE QUI EST ARRIVÉ À VOS DEUX COLLÈGUES ?
EH BIEN...
ILS SONT MORTS.
LES SYMP-TÔMES ONT COMMENCÉ À APPARAÎTRE CHEZ CELUI QUI ÉTAIT GRAVEMENT BLESSÉ.
QUANT À L'AUTRE, IL A ÉTÉ MORDU PAR CELUI QUI ÉTAIT CONTAMINÉ...

ALORS CE SONT CES DEUX COLLÈGUES QUI VOUS ONT DIT QU'IL S'AGISSAIT D'UN ACCIDENT ?
OUI... IL SEMBLERAIT QU'AU COURS D'UNE MANIPULATION, UNE AMPOULE CONTENANT LE VIRUS SOIT TOMBÉE PAR TERRE ET SE SOIT BRISÉE.
ET ENSUITE, LE VIRUS S'EST PROBABLEMENT RÉPANDU DANS LES AIRS À TOUTE VITESSE...
CE VIRUS A ÉTÉ DÉVELOPPÉ DANS UN BUT RÉGÉNÉRATIF, POUR POUVOIR SAUVER DES VIES.
IL A ÉTÉ CRÉÉ POUR SAUVER LES GENS, MAIS À CAUSE D'UNE PETITE ERREUR... C'EST L'EXACT OPPOSÉ QUI S'EST PRODUIT.
C'EST VRAIMENT IRONIQUE...

Tout le monde se faisait attaquer par les personnes contami-nées...
On a réussi à retrouver deux de nos collègues...
Kasai est allé les sauver.
Chef !!
L'un d'entre eux était gravement blessé, donc on est tous allés se réfugier chez moi.

CLAC...
BON, IL N'Y A PAS GRAND-CHOSE À DIRE, EN FAIT...
PARCE QU'ON NE CONNAÎT PAS VRAIMENT LES DÉTAILS, NOUS NON PLUS.
QUAND ÇA S'EST DÉCLARÉ, J'ÉTAIS EN DÉPLACEMENT PROFESSIONNEL AVEC MON CHEF DE SERVICE, KASAI.
QUAND ON EST REVENUS, LE VIRUS S'ÉTAIT DÉJÀ RÉPANDU ET C'ÉTAIT LA PANIQUE.

DEUX SURVIVANTS QU'ON A TROUVÉS EN CHEMIN.
JE M'APPELLE MISHIBA !
ET MOI, CHIGASAKI.
VOICI LE CHEF DU LABO, HIRASAKA-SAN.
VOUS DEVEZ ÊTRE ÉPUISÉS ! VOUS ALLEZ POUVOIR VOUS DÉTENDRE, MAINTENANT.
AU FAIT ! JE VOUS AVAIS POURTANT PRÉVENU !
SI ON MET DES BARRICADES PARTOUT, CE N'EST PAS POUR RIEN ! VOUS NE DEVEZ PAS SORTIR DE CETTE PIÈCE, C'EST DANGEREUX !
MAIS J'AI ENTENDU LA VOITURE, ALORS JE ME SUIS DEMANDÉ CE QUI SE PASSAIT...
N'EMPÊCHE QUE C'EST QUAND MÊME DANGEREUX !
YORIOKA-SAN...
VOUS POURRIEZ NOUS EXPLIQUER CE QUI S'EST PASSÉ AU LABORATOIRE LIF ?
AH OUI, C'EST VRAI. VENEZ PAR ICI.

IL Y A TROP DE ZOMBIES LÀ-BAS, C'EST IMPOSSIBLE DE S'EN APPROCHER…
ON N'AVAIT PAS ASSEZ DE MATÉRIEL POUR CONTINUER NOS RECHERCHES SUR LE VACCIN…
CE LABORATOIRE, C'EST CE QUI SE RAPPROCHE LE PLUS DE CE DONT ON A BESOIN.
JE VOIS…
BONJOUR… MH ?
CLAC !
QUAND J'AI ENTENDU LA VOITURE, JE ME SUIS DIT QUE C'ÉTAIT ÉTONNANT DE VOUS VOIR RENTRER SI TÔT…
QUI SONT CES DEUX PERSONNES ?

INSTITUT DE RECHERCHE HIRASAKA
VROOOOM
OÙ EST-CE QU'ON EST, ICI ?
ICI ? ON EST DANS NOTRE BASE DE RECHERCHES.
VOUS NE RETOURNEZ PAS AU LABO LIF ?
AH...

CRIIIC !
JE M'APPELLE AMATATSU KASAI.
MOI, C'EST SEN YORIOKA.
ENCHANTÉ.
!
KAZUMA CHIGASAKI.
ET MOI, C'EST HARUOMI MISHIBA ! ENCHANTÉ DE VOUS RENCONTRER !

PAS LA PEINE DE FAIRE CETTE TÊTE-LÀ.
ON NE VA PAS VOUS MANGER !
J'AI VU UNE CAMIONNETTE DE LIF QUI PASSAIT DANS LA RUE...
MOI AUSSI, J'ÉTAIS MÉFIANT, AU DÉBUT...
MAIS ILS VOUS ONT INJECTÉ UN VACCIN QUI PERMET D'AIDER LES PERSONNES INFECTÉES...
UN VACCIN...?
AH BON, D'ACCORD... DÉSOLÉ...
PAS DE PROBLÈME.
IL PARAÎT QUE VOUS ÊTES DE L'ARMÉE ? ÉTANT DONNÉ CE QUI S'EST PASSÉ AVEC LIF, C'EST NORMAL D'ÊTRE MÉFIANT.

EUH...
DÉSOLÉ DE VOUS INTERROMPRE PENDANT VOS CHARMANTES RETROUVAILLES, MAIS...
RECULE
ばッ
MINCE ! J'AVAIS OUBLIÉ QU'ON N'ÉTAIT PAS SEULS !
HEIN ? EUH...
VOUS ÊTES QUI ?
ON EST DES EMPLOYÉS DE UF.
!

MMH...
MISHIBA-KUN...
FUIP
くいっ…
!
.....
CÂLIN...
ぎゅっ
SERRE...
JE SUIS SOULAGÉ...

....!
ぼや
WHAM...
ぽた…
PLIC...
Je sens quelque chose de chaud...
CHIGASAKI-SAN !

ZOMBIE·HIDE·SEX

YUO YODOGAWA